Sibylle Dorothea Wolf

Löwenfeuer
Der Grintel

Zwei Geschichten aus dem Wald

Sibylle Dorothea Wolf

Zwei Geschichten aus dem Wald

Löwenfeuer
Ich bin ein Drache

Der Grintel
Ich bin der Berg und der Wald

Bibliografische Information der Deutschen Nationalbibliothek:
Die Deutsche Nationalbibliothek verzeichnet diese Publikation
in der Deutschen Nationalbiografie, detaillierte bibliografische
Daten sind im Internet über dnb.dnb.de abrufbar.

TWENTYSIX – Der Self-Publishing-Verlag
Eine Kooperation zwischen der Verlagsgruppe Random House
und BoD – Books on Demand

© 2016 Sibylle Dorothea Wolf

Herstellung und Verlag:
BoD – Books on Demand, Norderstedt

ISBN: 9383740712105

Zwei Geschichten aus dem Wald

Inhaltsverzeichnis:

Löwenfeuer – Ich bin ein Drache   7

Der Grintel – Ich bin der Berg und der Wald   13

Exkurs – Die Predigt am Schluss   40

Für meine Kinder Ruth, Sigrun und Felix, für Alyssa
und alle anderen Drachen- und Waldfreunde

Löwenfeuer – Ich bin ein Drache

Ich bin Löwenfeuer.
Ich liebe Löwenzähne. Sie leuchten wie die heiße Sonne und ihre Zähne sind gefährlich gezackt.
So gerne laufe ich zwischen den 1000 gelben Sonnen auf der Wiese herum, bis mein Schuppenkleid gelb überpudert ist.
Weshalb ich ein Schuppenkleid trage?
Ich bin natürlich ein **Drache**, das mächtigste *Feuer- und Wasserwesen*. Auch wenn ich jetzt noch ein kleiner Drache bin – einen Feuermeister kannst Du mich ruhig heißen.
Wenn die Drachengroßen in der Nacht die Sternschnuppen begrüßen und fauchen und Feuer spucken, dann darf ich, Löwenfeuer, schon mitmachen.
Drachen hüten das Feuer und sie hüten das Wasser. Ich behüte meinen kleinen Bach, in dessen Nähe ich zur Welt gekommen bin.
Ich sehe nach dem Rechten, ob das Wasser klar ist, ob sich die Kaulquappen wohl fühlen, ob die Libellen und die Steine am Ufer froh sind. All so etwas. Nebenbei bewundere ich im Wasser mein doch vorteilhaftes Spiegelbild.

Heute ist ein schöner Tag. Der Wald, die Wiesen und wir Drachen werden viel Besuch bekommen.
An den anderen Tagen lassen sich nur Menschen sehen, die entweder ihrem Hund hinterherjagen oder irgendetwas anderem.
Ich weiß nicht, was es ist – aber es muss ordentlich wunderbar sein, denn diese Laufmenschen gucken nicht nach rechts und nicht nach links, sie gucken nur nach vorne.
Sie sehen nichts von uns Wald- und Wiesenwesen – sie sehen nur gar nicht fröhlich aus, irgendwie leer schauen sie drein...
Aber heute ist für uns ein Festtag: Menschen wandern die Wege

entlang und freuen sich an den Bäumen, dem blauen Himmel, den weißen Wölkchen, am Plätschern meines Baches und am Brummeln der plüschigen Erdhummeln.
Ja, wie die Menschen gemächlich dahinspazieren! Manchmal bückt sich ein Mensch und betrachtet eine blaue Blüte genauer. Dabei sieht er mir direkt in die Augen – und bemerkt mich doch nicht. Aber der Mensch lächelt. Die blauen Blumen machen ihm wohl so viel Freude wie mir die gelben.
Da vorn haben sich zwei Menschen auf der alten, schweren Holzbank niedergelassen. Sie lassen ihre Blicke schweifen, als ob sie die Flugkünste unserer Drachengroßen bewunderten. Aber die Menschen verfolgen das Treiben der Ringeltauben von ihrem Zuschauerplatz aus. Die Tauben segeln zwischen Waldrand und gezähmter Wiese hin und her. Zuweilen lässt ein Drachengroßer eine Taube auf sich reiten – das sieht für die Menschen sicherlich komisch aus: Der Himmel scheint den Vogel fortzutragen – mit angelegten Flügeln gleitet die Taube über das Himmelsblau.
Was eine gezähmte Wiese ist?
Das ist ein Feld, das eine platte, grüne Decke trägt. Grün wie eine Wiese, aber artig – nicht voll wilder Blumen und Kräuter und Gräser, nicht voll Dunkelgrün und Hellgrün und Blau und Rot und Weiß und Gelb und Orange, nicht voll Groß und Klein. Gezähmt eben. Brav. Langweilig. Aber ordentlich. Sehr langweilig.
Überhaupt scheint es Menschenart zu sein, unsere Erde zwischen Linien einzusperren – die *Erde* heißt dann Acker und Feld und Grundstück: Menschen haben wohl Lust daran, etwas zu messen, abzumessen, zu vermessen. Geometrie und Zahlenhaufen sollen den Menschen Klugheit bringen. Aber die Erde wird lediglich in Flächen gequetscht, eingeengt, geordnet und abgeheftet.
Die Menschen befehlen der Erde kalkulierbare Fläche zu sein, Gewinn und Verlust auszuspucken – aber das ist kein Leben.
Und manchmal hält die Erde diese in Zahlenwerken erstarrten Menschen nicht aus – dann spuckt die Erde Feuer und bebt und

überflutet die Küsten.
Und der Mensch? Er beginnt sogleich mit neuem Addieren und Subtrahieren, mit neuen Multiplikationen und Divisionen und stellt Statistiken auf und liebäugelt mit der Wahrscheinlichkeit und den Gefahren neuer Erdausbrüche.
Der Mensch versteht die Erde nicht. Als ob der Mensch nicht Element der Erde wäre … Der Mensch quetscht sich lieber in Normen, in Notenraster und heftet sich als Wortschaftseinheit mit ab: hinein in die Aktenordner, in die Computerdatei. Nur nicht lachen und springen und tanzen um der Freude willen, nicht um des Nutzens der Zahl willen.

Wollen wir im *Wald* verschwinden?
Der Wald ist meine Heimat. Hier bin ich geboren. Es ist der Drachenwald. Zwischen die gewaltigen Wurzelfüße einer mächtigen Buche, wie in eine Höhle, hatte meine Mutter mein Ei gelegt. Mein Ei konnte sich in ein Bett von Laub und Moos kuscheln und im behaglichen Halbdunkel vor sich hin träumen und brüten.
Ein Drachenei bringt soviel Wärme mit – es brütet sich alleine aus. Es braucht lediglich einen geschützten, weichen Platz. Und was ist weicher und zärtlicher als das samtige, genügsame *Moos*, das die Füße der Baumriesen bekleidet? Es fängt einige der köstlichen Wassertropfen auf, die den Stamm hinunter zu den Wurzeln hüpfen oder es nippt am Nebel, der um die Bäume streicht. Das Moos lebt von Luft und Liebe – sogar aus dem Staub, der in den Sonnenstrahlen sichtbar wird, filtert das Moos seine Nährstoffe heraus. Ein bisschen Sonne liebkost seine Seele und lässt es wachsen.
Nicht weit von meiner Buchenmutter ringelt sich der kleine Bach zwischen dem festen, wasserliebenden Wurzelwerk der Weiden und Erlen hindurch.

Überhaupt winden sich die Wurzeln der *Bäume* kreuz und quer und krumm durch den Wald. In der Erde und über die Erde kriechen die Baumfüße – auf der Suche nach Nahrung und Freunden, auf der Suche nach Verwandtschaft und Geborgenheit. Bäume wachsen so hoch in den Himmel, als suchten sie Licht ohne Ende – und sie lieben doch die Erde, das Moos, die Wasseradern.
Bäume sind **Licht- und Erdwesen**: Sie blühen auf im Licht und krallen sich fest in der Erde.

Die *Erde* im Wald kann sich schwarz und nass ausnehmen und hellbraun und dunkelbraun und rotbraun, rissiggrau und orangebraun mit sandigen Steinchen.
Meine Drachentatzen sinken im Erdreich ein, wenn vorher die Monsterbaumfällmaschinen die Waldwege verwüstet haben. Das Regenwasser steht dann in den tiefen Spurrillen, die die Reifen hinterlassen haben, und es matscht und quatscht.
Aber meist fühlt sich der Waldboden samtig-moosig an oder blättrig-weich.
Fichtenzapfen und Zweige und Steinchen liegen herum, als ob ein riesiger Zwerg des Waldes hier gespielt hätte.
Hast Du schon einmal einen Baumstumpf bestaunt? Ja, über Baumstümpfe staune ich immer wieder. Sie sehen mit ihrem modrigen und doch lebendigen Holz so alt und ehrwürdig aus, als ob sie 1001 Geschichten zu erzählen wüssten. Auf ihnen entfaltet sich eine frische Pflanzenwelt: ein neues Zuhause für Moose und Farne und Klee, sogar für Baumkinder. Sie alle versuchen, ihr Leben auf den Baumstumpfgroßeltern einzurichten.
Aber hallo! Wer kracht denn da durch das Gebüsch? Aufgepasst! - Wilde Metallmenschen! Ich glaube, Du kennst sie. Menschen nennen sie 'Radfahrer'. Für uns Wald- und Wiesenwesen stellen sie eine richtige Plage dar. Sie gehören zu den Menschen, die hinter etwas herjagen und dabei am liebsten Berg- und Wiesenhänge

hinauf- und hinunterstrampeln. Sie tragen merkwürdige Hüte auf dem Kopf und sind entweder schwarz oder grell gewandet. Das Schlimme ist, dass diese Metall-Rad-Menschen ohne Rücksicht und Liebe durch Wald und Wiesen rasen:
Sie rasen quer durch Buschwerk und Baumkindergärten, sie rasen über schmale Pfade, die sonst nur Rehe und Wildschweine betreten.
Sie stören den Schlaf der Frischlinge, Rehkitze und Babyhasen.
Sie fahren über Blaubeeren und fröhliche Pilzkolonien.
Sie sollten die grauen Autowege hinauf- und hinunterhecheln, aber uns in Ruhe lassen, denn sie haben kein Auge und kein Herz für uns.

Hörst Du das?
Dort hinten klopft ein *Buntspecht* eindringlich tok-tok-tok an einen Baumstamm. Vielleicht will er sich eine gemütliche Baumhöhle für seine Kinder bauen oder er sucht nach Käfern, die sich zu frech in den Bäumen tummeln.
Oder *hörst* Du das langgezogenen, herbe Rufen des *Greifvogels*, hoch oben über den Baumwipfeln? Er sucht und schaut und ruft.
Er zieht weite Kreise über den Wald. Er gehört auch zu uns.
Weder Specht noch Greif noch unsere Vogelschar der Amseln und Mönchsgrasmücken und Finken und Meisen und Goldhähnchen hört der Metall-Rad-Mensch. Er denkt nur an einen Sieg im Holterdiepolterradfahren und ich gönne ihm seinen Muskelkater.
Er hat nichts gesehen und nichts gehört (abgesehen vom Quietschen seiner Bremsen).
Genauso wenig wie die Autofahrer, die mit ihren Blechbüchsen über die Waldstraßen preschen.
Oft verspüre ich Lust, mich in einen echten Löwen zu verwandeln:
Vor einem Löwen hätten Radfahrer und Blechbüchsenfahrer Angst und sie würden uns Wald- und Wiesenwesen nicht mehr stören.
Denn uns Drachen wollen diese rasenden Menschen nicht wahr

haben.

Weißt Du, ich bin schon sehr aufgeregt. Warum?
3 Mal dreht sich noch die Erde rundherum, dann beginnt die heiße Zeit des Jahres – der Sommer. Und wenn der Sommer die Seen und Bäche erwärmt, das Korn und die Äpfel reif macht – mmh, ich denke an die leckeren grüngelben Kornäpfel – und die Erdbeeren süß und rot, dann dürfen wir Drachenkinder auf unsere erste große Reise gehen. Drachen fliegen über die alle Himmel, um den bunten Schatz der Erde zu kennen und zu hüten.
Rubina, unsere Drachengroßmutter, wird uns nach Afrika führen. Weit werden wir fliegen in Sonne und Wind und blauer Nacht und ich, Löwenfeuer, werde Löwen sehen...

DER GRINTEL – *Ich bin der Berg und der Wald*

Es gab schon immer den Berg.
Früher trug er den Namen '**Grintel**'.
Zufrieden streckt er seinen Rücken nach Osten, zur Morgensonne, zum Orient hin, aus.
Ein breiter Rücken, bedeckt mit Wald und Wiesen, ein breiter Rücken, der zum Herumstrolchen einlädt.
Es warten geheimnisvoll dunkle, mit Weißdorndickicht eingefasste Hohlwege und es warten lichtüberflutete Grasinseln im Wald.
Ein breiter Rücken, der zu einem stolzen Berggipfelplateau führt:
Hier stehe ich in der Helle des Lebens, zwischen Himmel und Erde, zwischen Himmel und Fluss.
Ja, der Fluss.
Es gab schon immer den Berg, den Berg am Fluss. Gestein über Gestein, auf dem Kiefern und Ebereschen sitzen und auf den Fluss hinuntergucken.
Gestein über Gestein, an das sich weiter unten Haselnuss- und Brombeerstrauchwerk anschmiegt und zum Fluss hinüberspitzt.
Die *Donau* ist ein weiter Fluss, der sich durch viele Täler schlängelt und in seinen Fluten die Sehnsucht nach anderen Flüssen, nach Gefährten, mit sich führt, bis er sich nach langer Reise in das Schwarze Meer wirft. Leidenschaftlich wogend breitet er sich unter der Sonne des Goldenen Vlieses in die Wellen.
Aber hier am Grintel liegt die Donau, der Fluss, gemächlich stolz zwischen Berg und platten Feldern und Weiden.
Grintel und Donau, der Berg und der Fluss, Erde und Fluss, Stein und Fluss, und Ziegen.
Es wohnen *Ziegen* auf dem Berg. Zwei Ziegen, die nach Lust und Laune auf dem Grintel herumstreifen. Ziegen lieben doch das Grün zum Verputzen gern und davon gibt es hier in Hülle und Fülle. Dazu Steine zum kurzweiligen Klettern und einen kleinen,

windschiefen Stall, um nassem, kaltem Wetter zu entfliehen.
Die heiße Sonne der Sommersonne liegt auf dem Berg, zieht um den Berg und die beiden Ziegen ruhen im Schatten einer riesigen Kastanie. Sie träumen von den leckeren Himbeerblättern bei der *Vogelsangquelle,* die von dichten Himbeer- und Brombeersträuchern so überwuchert wird, dass nur die beiden Ziegen zu ihr finden und selbstverständlich die vielen Vögel, die Liebhaber der Lüfte.
Die Ziegen meckern und die Vögel singen. Sie singen der Quelle das Lied des Lebens, von Freude und Glück, von Sonne und Wärme, von Winter und Starre, von Liebe und Tod. Der Gesang und die Quelle. Die Ziegen, die Vögel und die Vogelsangquelle.

Es gab schon immer den Berg, und auf diesem Berg hatten Ritter und Bauern eine Burg gebaut. Eine Raubritterburg.
Die Ritter preschten den Saumpfad hinab, um reichen Händlern aufzulauern, ihnen zu nehmen, was diesen zuviel war.
Sie preschten wieder hinauf, in die Burg hinein. Sie verschlossen das Burgtor und lachten und tranken und feierten. Vielleicht war ja auch ein Robin Hood unter ihnen. Allerdings, der Ahnherr dieser Ritter hatte den Beinamen „der Charakterlose"...
Und der Grintel heute?
Für die Menschen, die am Fuß des Berges siedeln, ist er von zahmer Natur. Die Raubritterburg ist längst Geschichte. Ihre dicken Steine fanden Verwendung – in starken Bauernhäusern und in der Kirche unten im Dorf.
Aber eine Tradition blieb. Die Raubritter stahlen und die Kirche stiehlt für gewöhnlich auch.
Im Mittelalter stahl die Kirche den Bauern einen beträhtlichen Teil ihrer Ernten und allen Menschen die Freiheit des Denkens.
Kreuzzüge, Gottesurteile, Schuld und Sühne, Erbsünden- und Höllenpredigten, Inquisition und Scheiterhaufen, Marienverehrung und Frauenerniedrigung – das war Kirche.

Heute stiehlt die Kirche Kindern die Unschuld und nach wie vor Menschen die Unschuld für unbeschwerte freie Ideen.

In unserer Geschichte geht es aber um den Grintel, nicht um die Falschheit von Kirchen.
Der Grintel, der zauberhafte Berg am zauberhaften Fluss.
Der Grintel mit seinen Eichen und Fichten und Kiefern und Kastanien und Ebereschen, mit seinen schier undurchdringlichen Sträuchern und gesunden Kräutern.
Der Grintel, seine beiden Ziegen und seine Vogelsangquelle.
Die Vogelsangquelle lockt die Ziegen und Vögel und *das Mädchen des Waldes*. Nichts Genaues weiß man von ihm. Still sitzt das Mädchen im Beerengesträuch und lauscht den Vögeln und lauscht der Quelle. Die Quelle des Grintels erzählt seit jeher mit ihren Wassern von den gleichen Schönheiten:
Von den Schwestern der Liebe und Güte und Fröhlichkeit und von ihrem Bruder Verstand.
Die Quelle erzählt mit ihrem Murmeln und Plätschern und Rauschen von den guten und den traurigen Dingen des Lebens, vom Glanz des Glücks und von der Tiefe und Dunkelheit der verschwundenen Glückseligkeit, von der Einsamkeit und der verletzten, der zerbrechlichen Seele.
Die Quelle braucht das Mädchen und das Mädchen braucht die Quelle. Die Quelle hat so viel zu sagen. Sie spricht vom *Geheimnis des guten Lebens*, von Glück und von Elend. Aber das erwähnte ich bereits. Und das Mädchen will das Geheimnis kennen und hört zu.
Nun haben die Ziegen ihren Ruheplatz gewechselt. Sie sind zur Quelle hinübergelaufen, knabbern genüsslich an reifen Himbeeren und lassen sich zu Füßen des Waldmädchens nieder.
Und ich stehe in der Helle des Lebens, zwischen Himmel und Erde, zwischen Himmel und Fluss.
Ich stehe auf dem Berggipfelplateau, da, wo einstmals die

Raubritter Pläne schmiedeten und schmausten und im eisigen Winter den fröhlichen Sommer ersehnten.
Ich kenne die Ziegen und suche die Quelle. Und ich weiß von dem Mädchen und möchte es sehen.

Den beiden Ziegen begegne ich gewöhnlich auf meinen Grintelwanderungen.
Ich liebe es, auf dxem Grintel herumzuspazieren, am Rande einer Wiese zu sitzen und den Bergen des Bayerischen Waldes einen guten Tag zu wünschen.
Es ist schön, auf schmalen Trampelpfaden, die sich um den Grintel herumwinden, entlangzuschreiten, die Knorrigkeit der Bäume zu bewundern, in die Düsterkeit einer überhängenden Felswand einzutauchen, die Feuchtigkeit des Gesteins an den Händen und das kräftige, unnachgiebige Wurzelwerk unter den Füßen zu spüren.

Den beiden Ziegen habe ich schöne Namen gegeben. Ich hoffe, dass der Klang den beiden Damen gefällt. Sie heißen Polly und Uri.
Polly habe ich abgeleitet vom griechischen Musennamen Polyhymnia und Uri von Urania.
Die Muse Polyhymnia wurde wegen ihres Gesanges und ihrer Leierkunst gelobt. Und Polly meckert auffallend viel und nuancenreich. Manchmal ein bisschen zuviel.
Die Muse Urania galt als sternenkundig. Uri habe ich schon oft beobachtet, wie sie sich den Abendhimmel besieht und zum Mond hinaufschaut.
Ich werde die Vogelsangquelle schon finden, wenn ich auf das Meckern von Polly und Uri lausche und ihren Stimmen nachgehe. Und dort wird das Mädchen des Waldes sein.
Ich stehe im Sonnenlicht und sehe den glitzerndfrohlockenden Fluss weit unter mir und eine smaragdgrüne Eidechse auf einem sandigen Stein vor mir. Die kleine Echse badet auch in der Sonne, genießt die Hitze auf ihrem schmalen, geschmeidigen Schuppenkleid dahinkriechen und blinzelt zu mir hinauf.
Ich bleibe ruhig stehen, in der Helle des Lebens, um die grüne Sonnenanbeterin nicht zu verschrecken. Grillen zirpen im hohen,

trockenen Gras, sie beten auch die Sonne an, mit ihrer den Sommer beschwörenden Konzertreihe.

Wo sind Polly und Uri? Ach ja, bei der Vogelsangquelle, zu Füßen des Waldmädchens. Denke ich.

Es ist heiß, gleißend-hell – die Hitze fordert energisch: Suche die Quelle, suche die Frische und das sanfte Licht, die um das Wasser liegen. Höre den Vögeln, der Quelle zu, suche das Mädchen des Waldes!

Das möchte ich, das muss ich. Es wohnt eine Ahnung in mir, die mich zu der Quelle zieht. Es ist, als ob ich Heimat suche, das Gegenstück zu meinen Gedanken, Ideen, Wünschen, das Gegenstück zu meiner Seele.

Oder besser: ich suche den *Spiegel meiner Seele*. Ich suche mein Ich, dem ich gegenübertreten kann und das mir vom Herzen des Lebens erzählt, von dem, was wirklich, wahrlich wichtig ist.

Im Buddhismus würde man von der Suche nach Erleuchtung sprechen. Erleuchtung erfährt sich an besonderen Orten und sie erfährt sich immer durch sich selbst. Ich denke und höre und verstehe und bin voller Glück.

Die Vogelsangquelle ist ein solcher Ort, ein Spiegel, Heimat, ein Ort, der mich magisch anzieht.

Der Suchende, was sucht er? Was suche ich? Erleuchtung? Nicht diese Art von Erleuchtung.

Ich erlebe mich in den Alltagsgeschäften als unpassend, was nicht heißen soll, ich wäre diesen nicht gewachsen.

Aber die 'grandes personnes', die Menschen, die Wespen nur mit Panik und Schlägen begegnen können, denen die akkurate Rasenkante wichtiger ist als ein strahlendgelber Löwenzahn, die den Wald nur als eine Ansammlung von vielen Klaftern Nutzholz, als ein 'Produkt' bezeichnen, wie sich auch Bauern als Produzenten von Nutzvieh und Lebensmitteln in die Brust werfen, sie alle, die Zahlenaddierer und Bildschirmhocker, die Top-Reduzierer und geldgeilen, arroganten, miesepetrigen,

rücksichtslosen Luxusanbeter, diese 'grandes personnes', diese Erwachsenen sind dem Duft der Wiese und des Holzes, dem Klopfen des Spechtes, dem Gesang der Amseln, der weichen Nase der Kuh und dem samtenen Kleid der Buchecker entwachsen – sie sind mir fremd und sie sind unnötig anstrengend.
Also, was suche ich?
Ich suche die Quelle, ich suche Stärkung. Ich will meinen Spiegel sehen, ich will mich wieder als ganz empfinden. Ich suche *meine Quelle*.
An diesem Ort werde ich mir die Gedanken zum Leben ansehen und das Echte und Ehrliche wiederaufnehmen wie Maschen auf eine Nadel.
Ich werde mich betrachten, was ich kann, was meine Natur ist und was ich will, was ich brauche.
Das *Herz des Lebens* wird sich mir zeigen und es wird gut sein.

Die Hitze brennt auf meinen schwarzen Haaren, die Eidechse schlängelt sich wie ein grüner Blitz von ihrem Sonnenstein und huscht durch das gelbe, holzige Gras davon.
Vielleicht dreißig Schritte entfernt, in Richtung des Flusses, beginnt einer der vielen schmalen Pfade seinen Weg durch das Gehölz zu ziehen. Ich entschließe mich, mit diesem Pfad mein Glück zu versuchen. Manchmal habe ich Polly und Uri hier verschwinden sehen.
Die Sonnenlichter, die die Büsche in der Helle des Plateaus zum Glänzen brachten, sind im Halbdunkel des Weges verschwunden.
Über Stock und Stein und zwischen stacheligen Zweigranken hindurch wandele ich den Grintel entlang und achte angestrengt auf die vielen Vogelstimmen und Insektenbrummeleien. Ist da ein Meckern zu erhaschen? - Nein, nichts. Ich gehe weiter, der Pfad verzweigt sich, ich nehme den 'dünneren' von beiden Wegen.
Dieser Pfad ist so von dornigen Ausläufern der Brombeersträucher überwuchert, dass meine nackten Beine schmerzhaft zerkratzt

werden. Das tut weh, ist aber nicht weiter schlimm. Solche
Wunden heilen schnell. Oder wie sagte immer Karlsson vom
Dach? „Das stört keinen großen Geist!"
Die Hitze ist auf dem Plateau zurückgeblieben, hier im
abgedunkelten Wald gleitet eine angenehme, frische Wärme um
Arme und Beine und Gesicht.
Sonnenlichtbahnen schießen immer wieder über den Weg,
zwischen den Bäumen ins Moos hinab und sie zaubern eine zarte
und doch starke Welt von Blättern und Erde und hochstrebenden
Ästen und Gold-Grüntönen. Eine heile Welt, eine ganze Welt von
Leben, von Werden, Gehen und Werden.

Weshalb lassen sich Menschen so verhärten, dass sie die Sonne,
den Mond, eine Wegwarte, eine Ameise, das Funkeln des Wassers,
die Brisen des Windes nicht mehr als wundervoll ersehen?
Wieso können Menschen nicht mehr fröhlich sein, wenn der
Rasen von lauter strahlendgelber Löwenzahnblüten gesprenkelt
ist?
Wieso kannst Du nicht mehr froh sein, wenn Du mich ansiehst?
Wieso kannst Du nicht mehr mit mir froh sein?
Wieso legtest Du Deine warmen Hände auf meine, drücktest mich
in innigem Überschwang zärtlich an Dich?
Wieso begehrtest Du mich so sehr?
Wieso gehst Du immer wieder?
Weshalb verlierst Du mich aus den Augen und siehst nur noch den
Stress im Leben?
Wieso brauchst Du die Anerkennung durch immer andere, und
meine Anerkennung stößt Du zurück?
Weshalb dürfen die schönen Dinge im Leben nur bunte Flicken
sein, die Du nach Laune wegwerfen kannst?
Du hast doch alle Ziele erreicht...
Ich warte in der Zeit – vielleicht fordere ich, was nicht forderbar
ist, heute...

Andere sind vielleicht flockiger, kurzweiligen Spaß versprechend, prustendes Lachen in diesen anstrengenden Tagen und Du wanderst weiter, geschmeichelt und doch nüchtern nach der Trunkenheit.
Ja, ich werde wie immer in der Zeit sein, wenn Du sie findest, in der Erde, auf dem Baum, in der Blume. Ich bin Deine Blume...

Zwei riesige, umgestürzte Bäume haben sich quer über meinen Pfad gelegt. Opfer des letzten heftigen Sturmes, der um den Grintel getobt hat. Bäume, die vergehen. Der Wind wird Erde in die Furchen der Baumstümpfe blasen, Samen werden hinzukommen, zu treiben beginnen, und neues, fröhliches Leben wird auf dem Alten emporschießen, mit lächelndem Angesicht.
Ich klettere über die liegenden Bäume, ihre Borke ist ruppig-rippig und doch samten an den pelzigen Stellen. Es sind Eichen, die Bäume, die das Wasser lieben. Hinter ihnen trennt sich von meinem Trampelpfad ein noch unscheinbarerer Weg. Diesem verschwiegenen Weg werde ich folgen. Er scheint mir genau der Richtige zu sein, um eine Vogelsangquelle aufzuspüren.
Alte, schwindsüchtige Hölzer, Reisig, dünne, längst abgestorbene Zweige, niedriges Buschwerk, das dornigste, versuchen, den Weg unauffindbar, unpassierbar zu machen.
Aber ich habe Übung, mit scheinbar ausweglosen Geschichten fertig zu werden, mich in ihnen zurecht zu finden. Also ziehe ich meine Füße aus den Dornenfesseln und behalte diesen widerspenstigen Pfad im Auge. Nicht, dass er sich gänzlich im grünbraunen Meer der Ranken auflöst.
Und wie immer, ja doch, meine Unternehmung wird leichter, meine Geschichte beginnt aufs Neue zu lächeln:
Dieser Pfad der Dornen und Haken öffnet sich plötzlich zu einer weiten *Lichtung*. Meine Füße nehmen dankbar die Weichheit des Grases, der Erde wahr. Adern von Baumwurzeln lassen sich lediglich als Unebenheiten unter dem Grün ertasten.

Im Rund stehen Buchen und Birken, lichte Gestalten. Mein Blick fällt auf den Wasserfall einer wohl sehr alten *Weide*, die mir gegenüber auf der anderen Seite der Lichtung thront.

Sie besitzt einen mächtigen, grauen, gefurchten Stamm, der sich nach oben in vier kraftvolle Arme teilt, die eine Flut von Ästen mit schmalen, länglichen Blättern herabfallen lassen.

Ein lauer Wind spielt mit diesen Kaskaden von Grün und Grau und Blau. Sanft und graziös bewegen sich sie Äste mit ihrem Blätterschmuck, was dem zarten Tanz von Ballettschülerinnen gleicht. Leises wie zärtliches Rascheln belebt diese Vorstellung.

Eine Ecke der Lichtung ist von leuchtendem Gelb bewachsen - die Kanadische Goldrute lockt mit ihrem Schatz von gelben Blütchen die Bienen und Hummeln, die wie ein Schwarm über den Blumen hängen: nicht nur ich habe meine Freude an den Farben der Blumen. Neben dem Gelb der Goldrute ist das Rosenrot des Indischen Springkrauts zu bewundern, das einen großen Flecken bezaubert. Und die Insekten schwirren hin und her, von einer Köstlichkeit zur anderen. Gerade, dass sie nicht zusammenpurzeln.

Mein Blick wandert von den Birken und Buchen über die üppige Weide zu der im Sonnenschein fast vibierenden Blütenfülle. Aber eine Quelle kann ich nicht entdecken, auch kein Brombeergestrüpp, das sich schützend über das Wasser breiten soll wie die Dornenhecke im Dornröschenmärchen um das Schloss, um das Dornröschen.

Also doch der falsche Weg, dem ich so tapfer durch alle Ranken gefolgt bin?

Es gibt keine falschen Wege, auf jedem Weg gilt es etwas zu entdecken, und Entdeckungen machen den Reiz des Tages aus, den Reiz des Lebens.

Etwas Anderes zu erfahren, kleine, nach allgemeinem Maßstab unscheinbare Dinge – aber was ist schon der 'allgemeine

Maßstab'? Oder auch große Dinge, Abenteuer, Menschen, die gut tun oder eben Entdeckungen – neue Puzzlestücke für das eigene, große, sich ewig in Arbeit befindliche Bild vom Leben, von der Welt, das macht den Geist frohlocken, macht ein spritziges Gemüt.Ich bin in der Welt, ich gehe in der Welt, ich wandere durch die Darbietungen und Möglichkeiten des Lebens, ich sehe und mache mit – indem ich die Wunder und Schrecknisse zur Kenntnis nehme, indem ich meine Wünsche, meinen Willen zur Tat bringen möchte, indem ich mit-tue.
„Ich kann keinen Jagdhund zur Jagd tragen" - nein, das kann ich nicht, aber *ich* kann meinem Universum treu bleiben und versuchen, dieses Universum *Anderen* nahe zu bringen.
Ich kann mein Universum erweitern, mit vielen, mir bisher unbekannten, bunten Facetten.
Die Welt ist ein funkelnder Edelstein – strahlend und durchsichtig und manches Mal auch verschwommen.

Da lässt sich ein bedrohliches Grollen vernehmen. Ich habe mich so sehr in den bezaubernden Anblick dieser Lichtung, in das Licht und die Frische und die Farben, das Grün und Gelb und Rosenrot, versenkt, dass mir die Veränderung des Himmels nicht weiter aufgefallen ist.
Dabei hat sich in nördlicher Richtung ein Ungetüm aus grauschwarzvioletten Wolken aufgebaut, das mit seinem Grollen seine baldige Herrschaft ankündigt.
Das Licht schwindet, geht in den Westen, das Ungetüm lauert – die Zeit steht, alles scheint emporzusehen. Es gibt nur noch den Himmel - als würde ein Urteil über Leben und Tod zu erwarten sein.
Und es kommt, was kommen muss: das Ungetüm lässt ein mächtiges Krachen los und mit dem Getöse fährt ein wilder Wind durch Zweige, Blätter, Blumen, Gräser.
Meine langen Haare wehen um meinen Kopf, ich laufe hinüber

zur Weide, um unter ihren dichten Blätterwellen Schutz zu suchen. Es donnert, es blitzt und es beginnt zu gießen, des Schauspiels 4. Teil.

Da, angekommen, und ich verschwinde unter der Weide, wie ein Kind in den Röcken der Mutter aufgenommen wird.

Stöße von Wind, Stöße von Regen toben gegen die sanftmütigen Blatt- und Astlianen meiner Weide. Ich dränge mich nah an den beleibten, starken Stamm. Hier erreicht mich die Nässe nicht, nur kalter Wind fährt mir ab und zu um meine nackten Beine.

Ich betrachte die Furchen, die Gräben und Brüche der Weidenrinde – so viele Jahre, so viele Erlebnisse, Stürme und Hitze und Besucher, so viel Zeit hat sich in der Weide niedergelassen.

Und sie wirft weiter ihre Blätterwellen wie Netze, wie wunderschönlebendige Blickfänge in die Welt. Solch eine Quelle von Leben kann nur froh mit dem Leben sein.

Blitze krachen weiter über den Himmel, der Regen klatscht auf Goldruten und Springkraut. Durch den Blättervorhang sehe ich, wie sich die Blumen unter den Regengüssen hin- und herbiegen, als ob sie nach einem Fluchtweg Ausschau hielten.

Wellen von feucht-frischem Gräserkrautduft umhüllen mich. Das grässliche Gewitter, das bloß Zerstörung zu kennen vorgibt, weckt mit seinen ungebärdigen, groben Regenmassen die Erinnnerung an die Lebendigkeit durch das Wasser, an Schöpfung, an Frische, die einzig und allein durch Wasser möglich werden.

Der Regen rauscht und rauscht und ich setze mich auf eine dicke, rundliche Wurzel der Weide. Ich lehne mich an den starken Stamm, der, gleichwohl rissig, mein Gefühl des Sicherseins, des Gerettetseins, des Insulanerseins inmitten des Chaos der Welt unterstützt.

Grasdüfte, Blumendüfte, Holzdüfte, Regen voller Leben – das Gewitter bringt Regen und der Regen trägt die Düfte in die Welt, ins Chaos.

Die Blitzereien lassen nach, die Abstände zwischen den zuckenden Blitzen vergrößern sich, der Donner wird leiser – das Ungetüm grummelt nur noch, jaja, Du wirst wiederkommen, Du mächtiger Herr des Gewitters, aber jetzt hast Du wohl keine Lust mehr, Deine Energie auf uns herunterzuprasseln. Salut.
Zwischen den Lianen nimmt das Licht wieder zu, das Ungetüm ist gegangen, der Regen geblieben.
Ich kuschele mich in eine Mulde des Stammes, höre dem Rauschen des Regens und meinen Gedanken zu.
Eine Weide, die das Wasser liebt, die mit ihrem Wurzelwerk das versickernde Wasser freudig begrüßt, die mit ihren langen, so gerne mit dem Wind spielenden Ästen und ihrem grünblausilbernen Blätterwerk selbst den Fluten eines dahineilenden Flusses ähnelt und die mir dabei ein trockenes Plätzchen anbietet, ein Plätzchen auf Wurzel und Sommergras, ausgeblichen und voll Sommerlachen – welch wundervolle Gastgeberin und Erdbewohnerin.
Die Weide verbindet Erde und Wasser und Luft in Wurzel und Stamm und im Tanz ihrer Blattlianen. Ihre Existenz, ihr Dasein ist dem Feuer, der Sonne geschuldet, die sie wie ein Segen umgibt.

Und leidenschaftlich schickt die Sonne ihre Strahlen leuchtend hell auf die Lichtung. Sie übergießt Gras und Springkraut und Goldrute und Baum und Blatt mit gleißendem Licht.
Sie spiegelt sich in jedem noch so kleinen Regentropfen. Die Lichtung glänzt und glitzert – nach dem Schauspiel des Gewitterungetüms nun die *Sonne* selbst.
Und mit dem strahlenden Licht bringt die Sonne die Wärme zurück. Das Gewitter hatte trotz allem Toben nicht die Macht, die Hitze des Sommers zu vertreiben. Nach der Regenexplosion ist die Sommerwärme ein besonderer Genuss. Das Leben in seiner Fülle – Wachsen und Blühen und Strahlen. Der Duft der Wiese, das Licht des Tages, die Hitze des Sommers, die Farben des Lebens

vor mir – ich bin in der Zeit des Lebens, ich genieße das Leben um mich und doch bohrt in mir eine große Sehnsucht.
Es ist die Sehnsucht, das Leben richtig zu sehen und richtig zu tun. Das Richtige zu wollen und dem Richtigen treu zu bleiben.
Es ist die Sehnsucht nach Dir, nach Nähe, nach der Erde.
Es ist die Sehnsucht aus dem Gefühl, *nicht ganz* zu sein. Es ist die Sehnsucht, die nach Verbindung mit der Welt strebt, nach Eins-Sein mit der Welt.
Und aus diesem *Eins-Sein*, das sich immer wieder neu erfinden muss, denn die Welt ist rund und ist Vielfalt, aus diesem Eins-Sein wachsen Begeisterung und *Ideen, begeistertes Tun*.
Es wächst Glück, es wächst Wärme, es wächst Nähe zu Dir, zur Erde und aus diesem Glück wachse ich in die Höhe.
Aus diesem Eins-Sein entspringt Freiheit, ja, es entspringt aus der Verbindung mit Dir, mit der Welt, *Freiheit*.
Die Freiheit zu neuen Kräften, zu neuen Ideen – das eine Glück bedeutetes *doppeltes Glück*. Auch für *Dich*. Genauso für Dich.
Elemente dieser Welt – Holz oder Metall oder Erde, Berufe, Handwerke, Wissenschaften, Menschen, Pflanzen, Tiere können solche Anziehungskraft ausstrahlen, dass zwischen Element und Mensch, ja zwischen Mensch und Mensch intime, intensive Verbindungen wachsen, die Freude, Stärke, Selbstbehauptung erschaffen.
So sollte es sein, ein *gutes Leben*.

Sonnenstrahlen haben sich nun auf meinen im Gras ausgestreckten Beinen niedergelassen. So braun gebrannt wie in diesem Sommer war mein Körper noch nie. Arme, Beine, Rücken, Gesicht, sogar mein Bauch präsentieren die gesunde Bräune des Südens, der Sonne, des Lebens an der frischen Luft.
Was war das? Ein leises Meckern! Die Ziegen müssen hier sein. Polly und Uri, wo seid Ihr? Jetzt ein langgezogenes und dann ein tiefes, kurzes Meckern. Ich blicke suchend in die Richtung der

Meckereien. Das ist wie Versteckspielen – wo bin ich? Wo bist Du? Wo seid Ihr?

Da fällt mir ein riesiger Baumstumpf auf, der, fast zum Anfassen nah, rechter Hand von mir, am Rande der Lichtung seine altehrwürdigen Wurzeln in den Boden bohrt.

Vorher lag wohl Schatten auf ihm, so dass ich ihn nicht weiter bemerkte. Aber jetzt badet er im vollen Sonnenlicht. Moose und Farne haben seine ungeheure Gestalt überzogen. Vielleicht stand hier einmal eine überaus stattliche Eiche, die sehr alt geworden sein dürfte, Hunderte von Jahren nach menschlichem Ermessen. Und wie natürlich baut neues, junges Leben auf altem auf: Ein Buchenschössling und ein Eichenschössling erheben sich zart und selbstbewusst aus dem Baumstumpf, der sich wie eine starke und geschichtenreiche Großmutter ausnimmt.

Und hinter dem Baumstumpf, der von Brombeer- und Himbeergestrüpp umringt ist, schieben sich zwei Ziegenköpfchen aus dem beerigen Stacheldschungel.

Gefunden!! Hallo Polly, hallo Uri! Habt Ihr Euch hier vor dem Gewitter verborgen? Liegt die Quelle etwa hinter dem Baumstumpf? Die Vogelsangquelle?

Ich rappele mich auf, verlasse die Röcke der Weide und besehe mir diese urig-reiche Baumstumpfgroßmutter genauer: Eine ganze Welt für sich ist dieser Baumfuß. Helles und dunkleres Moos haben die alte Rinde verschwinden lassen, Farne, gewaltig wie in der Urzeit, strecken ihre Wedel aus, zierlicher Klee hält weiße Blütenkelche wie Laternchen in die Höhe und Buchenkind und Eichenkind sind Prinzessinnen, die neugierig und stolz ihre Welt betrachten.

Und die Vögel haben ihr Feierabendkonzert begonnen. Ein Flöten und Ratschen und Knispern und Trillern und Twitschern tönt aus dem Gebüsch und dem Wald dahinter wie die übermütige Unterhaltung einer Klasse angehender Opernsängerinnen.

Ich umrunde die Baumstumpfriesin, was nicht eben leicht ist,

wenn man sich nicht noch mehr Kratzer an den Beinen holen und das Brombeergesträuch nicht einfach platt zu machen gedenkt.
Uri und Polly haben sich ins Dunkel zurückgezogen, meckern aber abwechselnd weiter. Vielleicht wollen sie mich ermutigen, meine Suche nach der Quelle zu Ende zu führen?
Jetzt bin ich wieder im Wald, die Lichtung und den Baumstumpf-Kosmos im Rücken. Meine Augen müssen sich nach der Helle des Lichtes erst an die schummrige Dunkelheit des Waldes gewöhnen. Und ich sehe vor mir, zu meinen Füßen, einen dunkelgrünmoosigen Bachlauf, sanft eingegraben in den Berg. Das Wasser plätschert hell über Steine und Steinchen. Sonnenstrahltupfen springen zwischen den gekräuselten Wellchen hin und her. So viele verschiedenformige, zierliche Gräser und niedrige Stauden geben um das Gewässer einen weichen Teppich ab. Winzigkleine Rehgeißköpfe leuchten wie verwegene, verkleidete Sterne im Grünen, gleich neben noch jungen Fichtenkindern zwischen niedrigen Farnen und Blaubeerstrauchwerk.
Polly und Uri stehen direkt vor mir und gucken mich aus ihren dunklen Augen wie schelmisch an: „Na, hast Du uns endlich gefunden? War doch gar nicht so schwierig! Und wir stellen vor – die Quelle, unseren geheimen Ort." Und dabei hüpfen sie zackig über den Bach und springen auf der anderen Seite des Wassers ein kleines Stück weiter. Ja, natürlich: Die QUELLE, die Vogelsangquelle. Hier entspringt sie, die Baumstumpfgroßmutter ist ihre Nachbarin.
Aus einem niedrigen Hügel, der mit allerhand granitenen Steinen bestückt und von Efeu überwuchert ist, kommt silbernes Wasser ans Licht. Blaubeeren und Himbeeren hängen ihre roten und blauschwarzen Früchte knapp über den Wasserspiegel. Den Geistern der Quelle muss das Wasser im Mund zusammenlaufen. Polly und Uri knabbern gelegentlich an den Himbeerblättern.
Meine Quelle. So sehr habe ich mir gewünscht, sie zu finden, dass

ich sie 'meine' Quelle nennen darf.

Der Grintel und die Vogelsangquelle. Um mich herum im Zweigwerk der Büsche und Bäume sitzen überall Vögel – hier an der Quelle ist der Gesang der Vögel wirklich ein mächtiger. Und die Meckereinwürfe der Ziegen mischen sich lustig in die Vielstimmigkeit der Luftkundigen. Die luftkundigen Vögel, die erdkundigen Ziegen, die wasserkundige Quelle. Wer sind die Feuerkundigen? Die Sonne und ich. Ich mit meiner Liebe, meiner Begeisterung für Blätter und Bäume, Seen und Drachen, Zwerge und Beeren, Wiesen und Weiden, für Dich und für mich.

Die Sonne – Licht und Wärme, die reine Inspiration des Lebens und für das Leben.

Das Geflecht der Sonne und das Geflecht der Erde, sie betrachten sich und ziehen sich an.

Quelle, was sagst Du? Ich verliere und versenke mich hier bei Dir im Wald in den Gesetzen, nein, in den Elementen unserer Welt. Die Quelle murmelt und plätschert, ihre Wasser fließen dahin. Die Quelle und ihr Wissen. Die Quelle und das Mädchen des Waldes. Das murmelnde Wasser, die flötenden Vögel, die meckernden Ziegen und das Mädchen des Waldes.

Hier stehe ich – im Wald, an der Quelle, am hellsilbrigen Wasser, und da steht es, das Mädchen, das ich sehen wollte. Die Quelle und das Mädchen. Die Quelle erzählt und das Mädchen hört zu. Und ich sehe sie und versuche, zu verstehen.

Das Mädchen schiebt Brombeerranken auseinander und kniet sich in das feingeästelte Moos neben der Quelle.

Es schaut mich nicht an, obgleich ich ihm ziemlich nahe bin. Wenn ich wollte, könnte ich es mit meiner Hand berühren. Ich lasse mich ihm gegenüber auf der anderen Seite der Quelle nieder.

„Mein Name ist Sonja und dies ist mein Lieblingsort."

Ich bin nachgerade überrascht, dass das Mädchen spricht, mich anspricht. „Ich freue mich, Dich hier zu treffen", redet Sonja weiter. „Ich habe Dich schon öfter auf diesem Grintel-Berg bei

Deinen Walderkundungen beobachtet. Es schien mir, als ob Du auf der Suche nach etwas bist." Sonja blickt mir fragend ins Gesicht. „Ich habe die Quelle gesucht und ich habe Dich gesucht. Ich liebe diesen Wald, diesen Berg und ich wollte diese Quelle voll Vogelgesang finden. Und Du bist unten im Ort eine kleine Berühmtheit. Es heißt, Du sitzest bei der Quelle und verstündest, was sie zu sagen hat." Ich lächele Sonja ein wenig unsicher an. Sonja betrachtet das Quellwasser, das sich zunächst in einer sandigen Mulde unterhalb seines Ursprungs sammelt, bevor es sich dem Bachlauf anvertraut.

„Oh, das ist einfach. Wasser ist klar und es ist besonders klar an seiner Quelle. Wasser und Sonne sind der Kern des Lebens. Da ich nicht zur Sonne reisen kann, suche ich die Nähe des Wassers. Diese Quelle und ich sind Freunde geworden. Und Freunde verstehen sich."

Sonja hält inne und sieht mich strahlend an. „Du bist selbst eine Sonne, Sonja. So wie Du strahlst, bringst Du die Sonne, das Feuer, zum Wasser. Da brauchst Du die Sonne gar nicht aufzusuchen."

Es ist schön, an der Quelle, am plätschernd-glitzrigen Wasser zu sitzen, mit Sonja hier zu sein.

„Und was ist die Stärke des Lebens?", frage ich. „Ich weiß, ohne Wasser, ohne Sonne, ohne Erde gibt es kein Leben, keine Bewegung. Aber das kann doch nicht alles sein.

Menschen verspüren Sehnsüchte. Es ist die Sehnsucht, ein Ziel zu erreichen, glücklich zu sein. Für die meisten bedeutet Glück, eine nette, angenehme Familie, einen passenden Partner um sich zu haben, aber an der Spitze der Begehrlichkeiten steht doch der Besitz von Geld, von Sicherheit, von einem gewissen Quantum an Macht."

Ich denke an meine Sehnsucht, an die Sehnsucht nach Dir, an mein Gefühl, unvollständig zu sein, nur mit Dir vollständig zu sein, mit Dir bei mir vor Ideen und Kraft nur so zu sprudeln.

Ich denke daran, wie Menschen gemein zueinander sind, wie

Menschen gemein zu unserer Erde sind, aus dem Vorsatz heraus, den größtmöglichen Nutzen für sich zu beanspruchen, anderen höchstens Almosen zuzubilligen. 'Ausbeutung aller Ressourcen, aller Schätze, von Mensch und Erde, für mein Glück, nein, für meinen Profit. Die größte Zahl für mich, den Abfall für die anderen.' So handeln die meisten. Das ist armselig.

„Die Stärke unseres Lebens? Du meinst den Schlüssel zum Glück? Den musst Du nicht suchen. Du kennst selbst den Schlüssel." Sonja lässt ein paar Kieselsteinchen ins Wasser rutschen. „Lausche den Wassern der Quelle und in Dir steigen die richtigen Worte, das richtige Wissen ans Licht. Ich mache es auch so. Ich komme so gern zur Quelle des Vogelsangs, um mich zu hören, um meine Ideen zuzulassen. Ich schaue ins Wasser und ich sehe mich. Ich höre der Quelle zu und ich höre meine Gedanken, meine Wünsche." Und wieder lässt Sonja ein paar Steinchen rutschen und springen. „Quellen sind Ursprünge des Lebens. Wasser lässt Leben gedeihen, Ideen lassen Leben gedeihen. Wünsche lassen Leben gedeihen. An der Quelle, am reinsten Wasser, finde ich zu meinen tiefsten, reinsten Ideen, zu meinem Wesen, zu meiner Seele. Was ist mir wichtig? Was möchte ich? Was tut mir wohl? Was tut unserer Welt wohl?" Sonja blickt ins Wasser und schweigt. Nur das schnurrende, feine Rauschen des Quellwassers und darüber der vielfarbige Gesang der Vögel, der Himmelsstürmer, umfangen uns.

Wir sehen beide dem Gleiten und Hüpfen des Wassers zu, wie es strömt und funkelt. Wasser und Vögel und Grün und Steine und Erde und Strahlen der Sonne und wir beide.

Sonja taucht eine Hand in den Bach und spielt mit dem Wasser. Sie schöpft Wasser in die hohle Hand und lässt es wieder frei. Sie nimmt und gibt zurück. Und ohne Unterlass kommt Wasser und fließt weiter Wasser. Ich sitze auf einem breiten, flachen, dunkel geschipperten Stein und kann meine Zehen ins Wasser strecken. Sie wühlen ein wenig im feinen Sand. Das Wasser ist frisch und die Sonnenwärme liegt, durch Wasser und Blätter abgemildert, angenehm auf Schultern, Armen und Beinen. Wunderbarer Sommer.

Gedankenverloren sitze ich hier und schaue dem Wasser und Sonja, dem Mädchen des Waldes, zu. Was heißt 'gedankenverloren'? Ich verliere mich nicht, ich gehe den Gedanken nach, ich folge ihnen. Ich spinne Gedanken sorgsam aneinander, bis ein Netz entstanden ist, das mich zufrieden macht. Ich sehe dem Wasser nach und ich sehe meinen Ideen nach. Ich betrachte sie, wie ich die sich ständig verändernde Gestalt des fließenden Gewässers betrachte. Das Wasser verändert sich und bleibt doch in sich gleich. Ideen verändern sich und bleiben doch in ihrem Kern, in ihrem Mittelpunkt gleich.

Der Mittelpunkt ist das Ziel, die Sehnsucht nach *Glück*. *Wasserlauf – Ideenlauf.* Wie komme ich ans Ziel? Wie schaffe ich es, *glücklich* zu sein?

Wie gelingt es mir, dass ich mich jeden Tag wohl fühle, dass sich meine Seele wohl fühlt?

Der Bach fließt zum Fluss, der Fluss fließt ins Meer, das Meer umrundet die Erde, Wasser verdunstet und kehrt als Regen zu Quellen und Bächen und Flüssen und Meeren zurück. Der Wasserlauf wird zum Kreislauf. Das Ziel des Wassers ist der Weg, ist der Kreis.

Mein Ziel scheint am Ende einer Strecke zu liegen, also ist der Weg eher linienartig und kein Kreis. Und doch habe ich das Gefühl, dass auch mein Weg zum Glück einen *Kreis* beschreibt.

Was tut mir gut? Was meiner Seele gut tut, ist auch für meinen Körper wohltuend, und was dem Körper gut tut, streichelt die Seele.

Die Schwestern Liebe, Güte, Humor und ihr Bruder Verstand sind die richtigen Begleiter, die richtigen Geschwister für das Leben. Die 4 verknüpft ergeben Herzlichkeit und Herzlichkeit braucht mein Herz, braucht die Welt.

Beziehungen verlangen nach Pflege, Aufmerksamkeit. Gehe ich achtsam mit Freunden, geliebten Menschen um, finde ich den Weg zu ihren Bedürfnissen, erfahre auch ich von ihnen Achtsamkeit. Finde ich den Weg zu *Liebe, Güte, Humor und Verstand*, übe ich mich diesen besonderen Geschwistern gegenüber in Aufmerksamkeit, verliere ich die 4 nicht aus den Augen, aus dem Sinn, so werden sie mich stärken und zu meinem Weg werden.
Die Suche führt zur *Idee,* die mich stärkt und die mich zu anderen, weiteren Ideen führt. Und schon haben wir einen Kreis. Die Ideensuche, die Ideenschau weckt Kräfte in mir, die neue Ideen aufbaut.
Menschen erkannten, dass die an Buchen wachsenden Zunderschwämme hilfreich beim Feuermachen sein können. Feuerschwämme von Eichen halfen, das Feuer in Gang zu halten. Ideen verhalten sich wie diese Pilze: Pilze wachsen mit ihrem Baum-Wirt, die Ideen mit dem Menschen-Wirt.
Und Ideen zünden. Sie entzünden Energie zu Plänen, zum Handeln, sie entfachen Energie, den Überblick im Alltagsgewirr zu bewahren.
Idee führt zur Idee – Ideen werden zum Feuer, das vernünftig, verständig gepflegt werden möchte.
Mein **Herz**.
Herz verlangt zum Leben nach Begeisterung, nach Hingabe, nach *Liebe*.
Hingabe, das bedeutet, sich einer Sache, einem Vorhaben, einem Menschen zu verschreiben. Alles dafür zu tun, dass das Vorhaben wirklich gelingt, dass der geliebte Mensch sich wohl fühlt. Liebe lässt Menschen über sich hinaus wachsen.
Liebe lässt Menschen ihr Selbstbewusstsein finden, ihre Begabungen erkennen und schätzen. Sie werden fähig, ihre Persönlichkeit auszuleben, sie lernen, aus dem Vollen zu schöpfen.
Liebe lässt Menschen die Welt durch eine rosenrote Brille zu betrachten, und was ist falsch daran?

Nichts. Denn nur schäumende Lebensfreude macht glücklich und lässt Ideen in den Himmel wachsen.

Herz verlangt zum Leben nach Rücksichtnahme, nach Geduld, nach *Güte*. Güte, das bedeutet, Mitleid mit Hilfe Bedürftigen zu entwickeln, Trost in Wort und Tat zu spenden. Es ist das Bewusstsein von der Zusammengehörigkeit aller Dinge und aller Menschen dieser Welt.

Herz verlangt zum Leben nach *Fröhlichkeit*. Fröhlichkeit, das bedeutet, Unannehmlichkeiten mit Humor zu begegnen, bei Ärgernissen trotz alledem das Lachen nicht zu verlernen, Schrulligkeiten von Freunden wegzulächeln. Das Lachen sollte den Menschen wie eine geschmeidige Rüstung bekleiden. Das Lachen, der Sinn für Komik und der Sinn, sich an Schönem zu erfreuen, der Genuss von Freude – Freude als unverzichtbares Element der Woche zu begreifen – dies gehört unverzichtbar zum guten Leben. Mit wem kann ich lachen, was verschafft mir gute Laune? Sport? Wandern? Handwerkern? Lesen? Zeichnen? Gesellschaftsspiele? Tanzen? Bergsteigen? Wettbewerbe? Freunde? Tiere? Pflanzen? Steine?
Die Welt ist so bunt, es gibt so viel Verlockendes auszuprobieren.

Und *Herz* verlangt zum Leben nach *Verstand*. Verstand, das bedeutet, Pläne mit realistischer Perspektive aufzustellen, das Augenmaß weder bei Projekten noch bei Menschen

außer Acht zu lassen.
Meine eigenen, wirklichen Möglichkeiten wie die Möglichkeiten des Kontextes sind zu bedenken. Jeder Mensch besitzt seine unverwechselbare Persönlichkeit, die respektiert sein will. Überschwenglichkeit ist gut, solange sie nicht in Zwang mündet. Ich muss meine Idee mit den Bedürfnissen der anderen Wesen in Einklang bringen.
Verstand ist die Erdung von Liebe, Güte und Humor.
Verstand hält den halsbrecherischen Schwung in Zaum und sichert das Überleben.

Mit solchen *Gefährten* wird das *Herz froh*.
Liebe, Güte, Humor und Verstand versetzen die Seele in harmonischen Schwung. Begeistertes Im-Leben-Stehen. Herzlichkeit. Herz. Das ist es.
Die Seele will nicht baumeln, was so oft als nonplusultra angepriesen wird.
Was heißt überhaupt 'baumeln'? Baumeln impliziert Kontrollverlust, der Gehenkte baumelt am Galgen.
Baumeln bedeutet nicht Freiheit, nach der verlangt wird, wenn der Alltag als Joch erdrückt. Baumeln ist lediglich ein Ausklinken aus dem Geschirr, das nach der Baumelphase wieder streng festgezurrt wird.
Die Seele will sich recken und strecken, sie will froh mit dem Leben sein und zwar jeden Tag dieses Lebens. Sie will Freude leben, sie will schwingen, sie will den Kopf hoch tragen, sie will Meisterin ihres Lebens sein, nicht Dienstmann der anderen. Sie will nicht eingesperrt sein zwischen Öffnungszeiten und Dienstplänen, zwischen

Steuerterminen und deadlines.

Die Tendenz, den Tagesablauf zu rationalisieren, möglichst viel und möglichst produktiv in möglichst wenig Zeit zu arbeiten, damit sich mit viel materiellem Profit ein *Zeitfenster* zum Chillen ergibt, das ist absurd. *Absurdes Theater.*

Arbeit kann Genuss sein, sofern die Arbeit begeistert. Be-geist-erung – der Geist, die Persönlichkeit fühlt sich so angesprochen, dass der Mensch wie auf Wolken geht, dass dieser vor Tatendrang sprüht.

Diese *Begeisterung*, die Flügel verleiht, kann nur anhalten, wenn sie Raum, d.h. *Zeit* hat, sich zu entfalten, wie es ein zusammengefaltetes, junges Blatt im Frühling tut. Amsonsten sackt die Begeisterung in sich zusammen und sie vergisst die Ursache ihrer Geburt.

Der Mensch möchte aber etwas schaffen. Schaffen, Schöpfung erfüllt den Menschen mit Befriedigung. Findet er die Beschäftigung, die in ihm Freude auslöst, die seinen Neigungen entspricht, sei es die Herstellung von Kleidung, von Texten, von Medizin, von Nahrungsmitteln, von Essen, sei es die Betreuung, die Unterstützung, die Beratung von Menschen, die Pflege von Pflanzen, Tieren, Menschen, so wird der Mensch von Zufriedenheit umgeben sein, er wird seinen Beruf genießen und immer wieder begeistert sein von dem, was er leistet.

Aber er braucht Zeit und Raum, um seine Tätigkeit in Ruhe und konsequent ausüben zu können, um neue Ideen hervorzubringen und umzusetzen. Bürokratische Vorgaben wirken da wie Schikanen, die die Existenz gefährden.

Bekommt indes der Mensch Raum und Zeit, kann er begeistert im Leben stehen. Und er kann die Neigung zu *Herzlichkeit* kultivieren. Er kann lieben, rücksichtsvoll, fröhlich und verständig sein. So passt es:
Die wahre Kultur ist Herzlichkeit. Es sind nicht Gewinn- und Verlustrechnungen, nicht Möchtegerndemokratien, in deren Zentren das Steuersystem hockt, nicht Listen von Menschenrechten, die, wenn es opportun ist, ängstlich eingeschränkt werden und es sind nicht die Religionen, die die Menschen gängeln und für dumm verkaufen.
Die Kultur der Herzlichkeit lehrt Menschen, sich gegenseitig auf Augenhöhe zu begreifen, als *Partner* in *einer* Welt.
Menschen als Partner, Mensch und Tier als Partner, Mensch und Pflanze als Partner, Mensch und Erde als Partner.
Nur so kann echtes Glück sein. **Herz siegt und die Seele ist gesegnet**.
Endlich aufatmen – *gutes Leben* für Dich und mich die Welt.

Fein glucksend kräuselt sich neben mir das Quellenwasser. Zierliche Pirouetten, Wirbel um Wirbel, drehen die Wellenkinder im Bachlauf.
Meine Augen fühlen sich so erfrischt an, als hätte sie das gute Wasser benetzt. Allein der Anblick des stillen und doch so geschmeidig-bewegten Wassers besänftigt die Seele, den Geist.
Die Sonne muss tief am Horizont stehen, denn die Sonnenstrahlen übergießen Quelle und Bachbett mit

goldweißem Leuchten.

Die Weite des Wassers hier im Dickicht auf dem Berg: Der leichte Luftzug, der durch das Buschwerk und um meine Schultern streicht, gleicht einer Brise an meinem Lieblingssee.

Luft und Weite für die Augen, für die Nase, für die Haut, für die Seele. *Luft* ist ohne Schranken, ohne Grenzen. Luft ist frei. Sie ist frei, zu reisen und zu erkunden, ist empfänglich für Inspiration, ist frei von Forderung und Bindung.

„Ja", versetzt Sonja in meine Träumerei, in meine Gedankenspiralen hinein, „bei aller Liebe und Güte, bei aller Fröhlichkeit und bei allem Verstand, das Element *Luft* ist nie zu vergessen. Erst Luft, die Idee des freien Fliegens, die Idee der Freiheit von Alltagsanhaftungen, lässt Liebe und Güte Gestalt werden, verleiht Liebe und Güte Farbe, lässt Humor und Verstand aufblitzen und leuchten."

Sonja erhebt sich, wirft mir noch einen kurzen Blick zu, lächelt und geht.

„Schön, Dich kennengelernt zu haben. Ich habe mich sehr gefreut. Bis bald, Sonja", rufe ich leise hinterher.

Die Sonne wirft ihre letzten glühenden Strahlen dieses Tages auf das Gestein des Quellenbühels und der Granit mit seinem Feldspat, Quarz und Glimmer glitzert wie edelstes Geschmeide, ja, er scheint Funken um das Wasser zu sprühen.

Ich werde auch aufbrechen, bevor die Dunkelheit einsetzt.

Ich kenne die Ziegen und kenne die Stärke des Lebens, *Herzlichkeit*.

Ich habe die Quelle gefunden und Sonja, das Mädchen des Waldes.
Ich weiß von den Geschwistern Liebe und Güte und Fröhlichkeit und Verstand und werde sie im Herzen bewahren.
Ich weiß von der Kraft der Begeisterung, die mich zu Ideen trägt und die selbst von der Freiheit der Zeit und des Raumes getragen wird. Ich ersinne Ideen, Schöpfung, ich gebe und nehme und gebe und nehme. Das ist der Kreislauf, der durch das Vertrauen in unsere Erde besteht und ewige Kraft zeitigt.
Leben muss entstehen, das ist das Ziel, nicht der Tagesprofit auf dem Rücken der Erde.
Ich stehe in der Helle des Lebens, zwischen Himmel und Erde, zwischen Himmel und Fluss.
Da, wo die Ritter Pläne schmiedeten und schmausten...

EXKURS oder die PREDIGT am SCHLUSS, der der ANFANG ist

Der Mensch errichtet sich Behausungen, die mal verspielt, mal schlicht, mal palastartig, mal notgedrungen armselig anzuschauen sind.
Der Mensch vergisst so oft, dass sein Heim die **Erde** ist.
Die Erde ist wunderbar und der Mensch hat sie zu pflegen.
Die Erde gehört dem Menschen nicht allein, sie ist das **Heim aller** – aller Pflanzen, aller Tiere, aller Menschen.
Der Mensch muss sein Herz finden - für seine Seele und für die Erde, sein Zuhause.
Der Mensch, der Zahlen zu seinem Gott macht und den Priester zu seinem Alibi, der sein Bankkonto für seine Seele hält und seine Seele mit Nichts erschlägt – mit Markenfetischismus, Neuheitenwahn, dem Unterhaltungsmüll von Quizsendungen, Soaps und Mallorca-Thailandurlauben, dieselbigen aufgeschichtet zum Hochaltar –, dem Menschen mit anderer Haarlocke und anderer Kaffeezubereitungsart, anderer Hauttönung und anderer Fastenzeit für gefährlich dünken, dieser Mensch vergiftet mit Animositäten die Luft und erstickt die Freiheit.

Flüchtlinge sind Menschen und Politiker sind unfähig, unfähig zu Herzlichkeit und unfähig, mit Verstand zu agieren. Politiker verlieren sich im Tagesclinch, sie sind der herzlichen Vision nicht mächtig.
Es ist Zeit ... für Herzlichkeit. A Rebours!